ORIGINALAUSGABE
© 2021 Ingeborg Kunhardt-Schellhammer

1. Auflage

Autorin / Rechteinhaberin: Ingeborg Kunhardt-Schellhammer
Illustrationen: Liza Maria Denski
Covergestaltung und Buchsatz: Corina Witte-Pflanz, OOOGRAFIK

Weitere Bildquellen:
www.adobestock.com
Easter green grass close up watercolor illustration, Datei-Nr.: 309179983 ©anitapol
Animal Footprint Track, Datei-Nr.: 190314090 ©Mariia
Green lawn isolated on white background, Datei-Nr.: 206358334 ©Mimomy
Abstract light blue clouds watercolor stain on white background, Datei-Nr.: 372225023 ©Arnizu
Blätterwind, Datei-Nr.: 323873737 ©kanichi
Set of watercolor clouds. Vector illustration, Datei-Nr.: 162658361 ©magicmary

Verlag und Druck:
tredition GmbH
Halenreie 40-44
22359 Hamburg

ISBN Hardcover: 978-3-347-25343-8

Das Werk, einschließlich seiner Teile, ist urheberrechtlich geschützt. Jede Verwertung ist ohne Zustimmung des Verlages und des Autors unzulässig. Dies gilt insbesondere für die elektronische oder sonstige Vervielfältigung, Übersetzung, Verbreitung und öffentliche Zugänglichmachung.

Bibliografische Information der Deutschen Nationalbibliothek:
Die Deutsche Nationalbibliothek verzeichnet diese Publikation in der Deutschen Nationalbibliografie; detaillierte bibliografische Daten sind im Internet über http://dnb.d-nb.de abrufbar.

Ingeborg Kunhardt-Schellhammer

GRASSCHNEIDER
JAKOB

"Jaaaaakob", Mama musste ziemlich...ziemlich laut rufen, die einzige Möglichkeit, dass Jakob sie überhaupt hörte. Manchmal kriegte sie fast Halsschmerzen davon. Aber... so ging das immer, wenn Jakob zu ihr kommen sollte, denn das Ameisennest von Familie Krabbelfuß war sehr, sehr riesig und Jakob konnte hier überall sein.

Kannst du dir überhaupt vorstellen, wie groß so ein Grasschneiderameisennest ist? Kaum zu glauben, aber es ist tatsächlich so groß wie ein Einfamilienhaus, und zwar... UNTER der Erde. Du würdest es also nicht mal sehen, wenn du dran vorbeigehst. Na ja, jedenfalls war es für die Ameisenkinder hier wie in einem supertollen Abenteuerland. Das Nest hatte nämlich nicht nur verschiedene Stockwerke und Zimmerchen, sondern auch viele, viele Gänge, die von oben nach unten und von unten nach oben und kreuz und quer und quer und kreuz gingen. Und dann... gab es da auch noch zwei Ameisenkindergeheimgänge. Langeweile kam selten auf und Jakob liebte es seit den vielen Jahren seiner Kindheit über alles, hier nach Herzenslust herumzutollen.

Nur wirklich ganz manchmal trug Mama ihm leichte Aufgaben auf, wie zum Beispiel die Abfallkammern säubern oder auch aufräumen. Diese kleinen Arbeiten waren schnell erledigt und Jakob war darüber immer ziemlich glücklich, denn er spielte viel, viel lieber mit seinen Freunden Fangen und Verstecken. Jetzt gerade war er aber an seinem Oberlieblingsplatz auf dem Dachboden, denn da hatte Jakob sich vor Kurzem eine Schaukel gebaut. Dazu hatte er drei sehr lange, kräftige Halme aus Stroh zu einem Zopf geflochten, das eine Ende gut an der Decke angebunden und am anderen Ende einen dicken Knoten gemacht. Darauf saß er jetzt und schaukelte nach Herzenslust immer höher und höher, hin und her und hin und her. Ach, war das herrlich!

Mamas Rufen allerdings hatte er gehört und er wusste: Wenn Mama in diesem ...Jakob, du sollst helfen Ton... rief, verstand sie keinen Spaß. Da musste man sich schleunigst auf den Weg machen. Sonst gab es ziemlich dollen Ärger. Mit einem letzten, hohen Riesenschwung sprang er in einem großen Bogen von der Schaukel herunter und landete ...ZACK... mit allen sechs Ameisenbeinen sicher auf dem Boden. „Ich koooomme", rief er und flitzte schnurstracks los.

Bei Mama angekommen, legte sie gleich los. „Hör mir einmal gut zu, Jakob! Du bist nun zu einer großen, starken Ameise herangewachsen. Es wird Zeit, dass du einige Pflichten übernimmst. Ab morgen kommst du mit mir und den anderen Ameisen zum Grassammeln. Du weißt ja, wir Grasschneider verlassen immer früh am Morgen das Nest, weil wir täglich sehr viel Arbeit haben."

Jakob wusste sofort, dass er gar nicht versuchen brauchte, Mama zu überreden, ihm vielleicht noch ein paar Tage oder Wochen oder sogar ein paar Monate mehr Spielzeit zu geben und erst dann bei der täglichen Arbeit zu helfen. Und schließlich hatte er ja auch schon viele Male gesehen, wie viel Arbeit die Ameisen hatten. Tausende und Abertausende liefen Tag für Tag auf einer langen, langen Ameisenstraße zu einer riesengroßen, saftigen Wiese. Dort schnitten sie mit ihren scharfen Zangen das Gras ab. Wie man das genau machte? Jakob hatte keine Ahnung. Mama würde es ihm bestimmt erklären.

Jedenfalls kamen die Ameisen erst nach ganz schön langer Zeit wieder zurück; jeder Grasschneider mit einem Grashalm zwischen seinen Zähnen. Das sah immer ziemlich lustig aus, wie ein riesiges, grünes Segel, das hoch zum Himmel wedelt. Was nun mit den Grashalmen passierte, wusste Jakob nicht. Jedenfalls bekam er nicht dieses Gras zu essen. Sein Essen sah ganz, ganz anders aus. Er aß immer von einem riesengroßen Haufen, der überhaupt kein Fitzelchen grün, wie Gras, war, sondern eine weißlich, graue Farbe hatte. Und der Haufen war irgendwie etwas schwammig, schmeckte aber wirklich lecker. „Also, Mama, dann sag' mir doch bitte, wie ich das Gras abschneiden soll. Und wie trage ich es dann nach Hause, ohne es zu verlieren?" Mama Krabbelfuß erklärte: „Jakob, fühl doch mal mit deinen vorderen beiden Beinen an dein kleines Mäulchen. Da hast du zwei starke Zangen." „Warte mal eben, Mama... jupp... kann ich fühlen." „Diese Zangen", fuhr Mama fort, „sind sehr, sehr scharf, so scharf wie ein Messer. Mit denen schneidest du das Gras ab. Immer ritsche... ratsche... ritsche... ratsche, schön tief unten, fast da, wo das Gras aus der Erde kommt, damit der Grashalm möglichst lang ist und die Ernte sich lohnt. Wenn du nur die obere Spitze abschneidest, hast du eine kleine Ernte und musst um so häufiger laufen." Oh je, oh je, das wollte Jakob auf keinen Fall. Wenn es schon sein musste, dann wollte er seine tägliche Arbeit immer so schnell wie möglich erledigen und sicher nicht abends als letzter, vielleicht noch im Dunkeln, nach Hause kommen, wo sich alle anderen schon schön zum Fressen eingefunden hatten und sich die Bäuche vollschlugen.

„Wenn du den Halm abgeschnitten hast", sprach Mama, „musst du aufpassen, dass er dir nicht wegrutscht. Halte ihn gleich mit deinen Zähnen zwischen deinem starken Kiefer fest. Dann kannst du dich schon auf den Rückweg machen. Lauf genau den Weg wieder zurück, den du und wir alle gekommen sind. Wir gehen immer nur diesen einen Weg, immer auf unserer Ameisenstraße. Dann können wir uns nicht verlaufen. Außerdem ist der Boden von unserem vielen Hin- und Herlaufen gut festgetreten. So strengt das Laufen nicht so an. Sobald du nun am Nest angekommen bist, übergibst du den Halm einer Nestameise. Sie wartet schon und trägt den Grashalm in die Arbeitskammer. Dann läufst du gleich wieder los zur Wiese, schneidest wieder Gras ab und trägst es nach Hause. So arbeitest du den ganzen Tag, bis es fast dunkel ist." „OK, Mama, aber was passiert denn dann mit den Grashalmen? Wir essen ja gar kein Gras, sondern immer von so einem großen, schwammigen Haufen."

„Die Nestameisen", erklärte seine Mutter weiter, „tragen ja die Halme tief in unseren Bau hinab. Dort zerkleinern sie sie mit ihren Zangen in klitzekleine Stückchen. Jetzt kommt die Aufgabe der Arbeiterinnen. Sie zerkauen die klitzekleinen Grasstückchen und formen sie zu winzigen Kügelchen. Und diese Kügelchen türmen sie zu einem großen Haufen auf."

So langsam wurde Jakob ungeduldig. „Warum müssen Mütter bloß immer stundenlang irgendwelche Dinge erklären. Könn'n die sich nicht einfach mal kurz und knapp fassen, so in zwei, drei Sätzen? Ne, irgendwie schaffen die das einfach nicht", dachte Jakob leicht genervt vor sich hin. „Jaaaa, Mama, aber das ist ja noch immer nicht das, was wir täglich essen." „Nein, Jakob. Jetzt geht es so weiter. Du isst doch immer von diesem, wie du sagst, schwammigen, großen Haufen. Das ist ein Pilz. Von diesem Pilz nehme ich ein ganz kleines Stückchen weg und lege es auf den Graskugelhaufen. Dann beginnt der Pilz die Graskügelchen zu fressen. Das macht er immerzu, Tag und Nacht und gleichzeitig wächst und wächst und wächst er, bis er ganz groß ist." „Und dann, Mama, dürfen wir ihn endlich essen." „Richtig, Jakob, so ist es. Und nun weißt du auch, wenn wir kein Gras sammeln, bekommt der Pilz auch nichts zu essen und wenn er nichts zu essen bekommt, kann er nicht wachsen. Und wenn er nicht wächst, haben wir am Ende nichts zu essen und müssen verhungern. Und das wollen wir doch nicht, oder?" „Puh, Mama, das ist aber viel, was du mir da gerade erzählt hast. Aber ich glaub', ich hab's kapiert."

An diesem Abend sollte Jakob zeitig ins Bett, um am nächsten Morgen gut ausgeschlafen zu sein und tüchtig arbeiten zu können. Schon recht früh lag er in seiner Schlafkammer. Mama kam zum Gute-Nacht-Sagen. Nun war er allein.

„Na super", dachte Jakob, „das ist dann mal das Ende meines wunderschönen Ameisenkinderlebens. Aus... Zack... Peng... Vorbei... Einfach so! Wann soll ich dann bitte noch spielen? Vielleicht abends nach der Arbeit? Da falle ich bestimmt hundesaumüde ins Bett. Und außerdem gibt es da draußen, in der großen, weiten Welt, bestimmt noch die herrlichsten Dinge zu entdecken. Nein..nein.. nein... nein... nein, auf keinen Fall werde ich mein schönes Kinderleben aufgeben. Heute Nacht werde ich erstmal überhaupt nicht schlafen. Kein Auge werde ich zumachen, bis ich einen Plan ausgeheckt habe, wie ich dieser stinklangweiligen Arbeit entkommen kann, natürlich, ohne dass Mama oder auch nur irgendeine andere Ameise davon Wind bekommen." Das durfte auf keinen Fall passieren, denn dann würde es einen Riesenärger geben und das, wusste er, zu Recht. Aber so sehr Jakob in seinem Bettchen auch nachdachte, es wollte und wollte ihm keine gute Idee in den Kopf kommen.

„Ich stelle mich jetzt mal auf meine beiden Hinterbeine und strecke den Kopf gaaanz hoch, so hoooch ich nur kann. Vielleicht fällt mir dann etwas ein." Aber kein pfiffiger Gedanke kam ihm in den Sinn. „Ok, dann mach' ich eben Kopfüber-Stand und zwar so lange, bis mein Plan steht. Und wenn es die ganze Nacht dauert", entschied Jakob. Kopfüber-Stand konnte er gut, das hatte Jakob schon als kleine Kinderameise immer wieder geübt. Dabei war ihm manch gute Spielidee gekommen. Jupp und zack! Ab mit den Beinen nach oben! „Los, komm schon, guter Gedanke, los, los, bitte, bitte, komm, los, los." Aber Jakob stand... und stand... und stand... und überlegte... und überlegte... und überlegte... Stunde um Stunde verging. Nichts passierte.

Da! Plötzlich, als es bereits anfing, draußen schon ein bisschen hell zu werden, kam ihm die zündende Idee. „Ich hab's, ich hab's. Jaaaa, so werde ich es machen." Für einen kurzen Moment rührte sich sein schlechtes Gewissen, verschwand allerdings genauso schnell wieder. „Ich habe einfach keine Lust zum Grasschneiden", murmelte Jakob noch so vor sich hin, als er augenblicklich in sein Bettchen plumpste und beruhigt über seinen genialen Fluchtplan tief und fest einschlief.

Weil er ja nun fast die ganze Nacht mit Denken zugebracht hatte, konnte er am Morgen kaum wach werden. Jakob rieb sich sehr lange die Augen. „Nun mal los, Jakob, alle warten schon auf dich", sprach Mama Krabbbelfuß ungeduldig. Ab die Post und raus aus der Koje. Los gings.

Ein schier unendlich langer Zug von Grasschneidern machte sich auf von der unterirdischen Nestanlage zu der herrlich duftenden, frischen Graswiese. Es roch nach frühem Morgen. Die Sonne blitzelte durch die Bäume und der Nebel verschwand allmählich. Während Jakob nun so vor sich hinlief, dachte er noch mal genau über seinen Plan nach. „Mama wird zunächst einmal eine Zeit lang neben mir laufen, damit ich ihr nicht entwische." Das war so klar, wie Kloßbrühe und genauso passierte es. Also krabbelte Jakob schön brav neben Mama her. Aber er wusste auch, dass Mütter nicht jede Sekunde und immerzu auf ihre Kinder aufpassen. Irgendwann würde der Moment kommen, wo Mama abgelenkt ist. Sie würde mit einer ihrer vielen Freundinnen reden und wenn Mütter erstmal ins Quatschen kamen, hörten die nicht so schnell wieder damit auf. Besonders Jakobs Mama war eine von den größten Schnattertanten in dieser großen, weiten Grasschneiderameisenwelt. Jakobs Plan ging auf. Als der Ameisenzug schon ein großes Stück des Weges hinter sich hatte, tauchte plötzlich neben seiner Mama Frau Kribbeldikrabbel auf. Schnell kamen die beiden ins Gespräch. Jetzt war Jakobs Chance gekommen.

Platsch! Er legte sich platt auf den Boden und rührte sich nicht mehr von der Stelle, bis alle Ameisen an ihm vorbei- oder über ihn drübermarschiert waren.

Oh manohman, war das ein Gekribbel und Gekrabbel. Es kitzelte manchmal furchtbar doll, aber Jakob musste stillhalten. Bloß nicht, dass hier noch irgendeine Ameise ihn plötzlich entdeckte. Sofort, als die letzte Ameise gerade an ihm vorbei war, sprang er... ZACK... mit einem großen Satz zur Seite und versteckte sich geschwind hinter einem riesengroßen Baum. „Jiphiiii, geschafft! Erstmal außer Sichtweite sein", dachte er. Dann krabbelte unser Grasschneider in aller Ruhe von hinten auf den Baum hinauf. Hier konnte ihn ja keiner sehen. „So", überlegte Jakob, „jetzt suche ich mir ein schönes Plätzchen hoch oben auf dem Baum. Dort werde ich es mir so richtig gemütlich machen und die Sonne und überhaupt den ganzen Tag genießen."

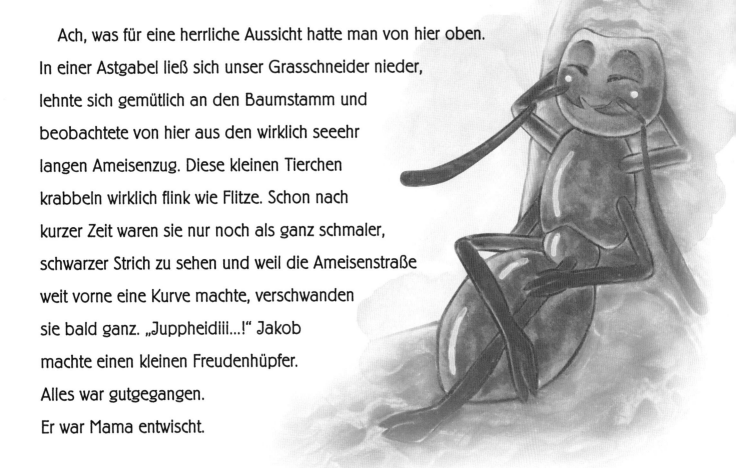

Ach, was für eine herrliche Aussicht hatte man von hier oben. In einer Astgabel ließ sich unser Grasschneider nieder, lehnte sich gemütlich an den Baumstamm und beobachtete von hier aus den wirklich seeehr langen Ameisenzug. Diese kleinen Tierchen krabbeln wirklich flink wie Flitze. Schon nach kurzer Zeit waren sie nur noch als ganz schmaler, schwarzer Strich zu sehen und weil die Ameisenstraße weit vorne eine Kurve machte, verschwanden sie bald ganz. „Juppheidiii...!" Jakob machte einen kleinen Freudenhüpfer. Alles war gutgegangen. Er war Mama entwischt.

Während Jakob gemütlich in seiner Astgabel hockte und den Tag in vollen Zügen genoss, war er doch erstaunt, was da so alles an Tieren an ihm vorbeilief oder auch vorbeiflog. Verschiedene Vögel zum Beispiel, schwarze, braune, graue oder auch bunte. Jetzt gerade war eine Schnecke an ihm vorbeigekrochen und fraß nun von einem saftigen, grünen Blatt. Sie hatte ja schließlich auch Hunger. „Das ist ja echt'n Ding", sagte Jakob erstaunt, „die kriecht zu einem Blatt, frisst es und ist satt. Schluss! Fertig! Aus! Was müssen wir Grasschneider nicht alles tun, bis wir endlich mal fressen können. Mammamia, ich glaube, ich wäre lieber eine Schnecke." Aber man kann nicht einfach ein anderes Tier werden, das geht ja nicht. Und so wird unser Jakob für immer und ewig eine Ameise bleiben. Niemals in seinem Ameisenleben würde sich daran etwas ändern. Er schaute sich weiter um und entdeckte kleine Spinnen, die den Baum mal hoch-, mal runterliefen. Jakob dachte nach: „Diese Art von Spinnen kenne ich und ich sage euch: Das sind ganz schön dolle Schlaumeier. Die nämlich bauen sich ein Spinnennetz aus richtig klebrigen Fäden und dann brauchen sie nur noch zu warten, bis sich ein Tierchen im Netz verheddert hat. Schon kann es genüsslich verspeist werden. Aber ich bin eine schlaue Ameise und denen lauf ich bestimmt nicht ins Netz. Bin ja nicht blöd! Da könn'n die lange warten."

Huuiii, was war denn das plötzlich für ein Wahnsinnssturm. Wind aus jeder Ecke und von allen Seiten. Oben, unten, überall! Die Blätter am Baum wehten wie verrückt. Augenblicklich musste Jakob sich mit allen sechs Ameisenbeinchen an der Baumrinde geradezu festkrallen, sonst wäre er, potzblitz, mit einem flotten Satz vom Baum geknallt. „Normaler Wind ist das hier jedenfalls nicht und hoffentlich hört das Gewehe hier bald mal auf", keuchte Jakob fast ohne Luft zu holen. So viel Kraft hatte unser Grasschneider nun schließlich auch nicht, um sich hier stundenlang am Ast zu halten. Ihm wurde schon ganz schwindelig vor lauter Anstrengung. Aber, so plötzlich wie alles gekommen war,

hörte es auch wieder auf und neben ihm saß ein wunderschöner, riesengroßer Vogel. Der Ast allerdings wippte ziemlich kräftig nach der Landung. Aber dieses Hoch- und Runtergeschwinge war viel besser auszuhalten. Das wurde dann auch schnell weniger, bis der Ast ganz still war. Sturm ist so ein Durcheinandergewirbel und keiner kann einem sagen, wann das denn endlich mal vorbei ist.

„Na, hoffentlich will mich der nicht grad noch fressen. Man weiß ja nie", murmelte Jakob leise vor sich hin. Aber der Vogel machte keine Anstalten. Ist ja auch Quatsch. Was will so ein großer Vogel mit so einer kleinen Ameise. Davon wird man ja nicht satt. Das ist ja so, als ob Menschen Brotkrümel essen! Oder würdest du von einem Brotkrümel satt werden? Doch auch nicht, oder?

"Du bist aber ein hübscher, großer Vogel mit so mächtigen Flügeln! Nur... warum hast du eben wie verrückt geflattert und einen Wind wie tausend Windräder gemacht. Bist wohl so ein Angebervogel ....ph.... und bringst mich hier mit deinem Geflatter fast in Lebensgefahr", äußerte Jakob ziemlich mutig. „Erstensmal heiße ich Kruckeldikru und bin der weltgrößte Adler: Rücken schwarz, Bauch weiß, Kopf grau, mit mächtigen Beutefangkrallen. Und zweitens bin ich kein Angeber", antwortete der Vogel. „Weißt du, hier, zwischen den Bäumen, ist zu wenig Wind. Deshalb muss ich mit meinen Flügeln selbst den Wind machen, sonst plumpse ich nämlich sofort auf die Erde. Das wäre schlecht für mich. Hoch oben aber, am Himmel, wo viel Wind ist, trägt mich die Luft. Die pustet mit enormer Kraft unter meine Flügel. Die Menschen haben so ein komisches Wort dafür ...Thermik... sagen die. Ich brauch' nur meinen Körper ein bisschen zu drehen, die Flügel sind fast still, und so segel ich durch die Lüfte und kann die ganze Welt von oben sehen. Das ist ein herrliches Gefühl. Willst du auch mal mit mir fliegen, vielleicht gleich jetzt?" Unser Grasschneider war ganz aufgeregt. „Jaaaa, gerne, lass uns sofort losfliegen und übrigens, ich heiße Jakob." „Okay", sagte der hübsche Vogel, „setz dich direkt hinter meinen Kopf. Da bist du gut geschützt, wenn ich starte und lande. Hast ja eben gemerkt, was für einen Wind ich machen kann."

Flugs kletterte Jakob auf Kruckeldikru rauf, ganz dicht hinter den Kopf und los gings. „Halt dich gut fest, das Geflatter geht los." Uihjuijui, das war aber heftig. Der Wind brauste Jakob nur so um die Ohren. Er musste sich verdammt gut festhalten, sonst wäre es um ihn geschehen. Aber dann... als sie endlich hoch über den Baumwipfeln waren und immer höher stiegen, wurde es ganz still und Jakob segelte auf dem Vogel seicht durch die Lüfte in der warmen Sonne. Oh, war das herrlich. Die Bäume und Häuser waren ganz klein geworden. Und auch seine Ameisenfreunde waren nur noch als schmaler, schwarz-grüner Streifen zu sehen. Sie waren gerade auf dem Rückweg von der Wiese. Jede Ameise hatte einen Grashalm zwischen den Zähnen fest gebunkert.

Gerade in dem Moment, wo Jakob sich so sehnlichst wünschte, dass das hier nie wieder aufhören würde, entdeckte er am Himmel plötzlich einen riesigen Schwarm Buckelfliegen. Der steuerte geradewegs auf die Grasschneider zu. Diese gemeinen Fiecher! Greifen direkt von oben aus der Luft an, wenn die Ameisen ihre Grashalme zum Nest tragen. Jetzt sind unsere kleinen Freunde nämlich völlig wehrlos, weil sie ja den Halm mit ihren Zähnen ganz doll festhalten müssen, damit sie ihn nicht verlieren. Und was machen nun die Buckelfliegen? Ich mag's kaum sagen und es ist wirklich ein bisschen sehr eklig. Die pieken die Ameisen hinten, also sozusagen am Po, an und legen ihre Eier in deren Körper. Nun wachsen in den Eiern kleine Buckelfliegen heran. Noch bevor sie schlüpfen, sterben die Ameisen, denn das hält ihr Körper einfach nicht aus. Die jungen Buckelfliegen aber schaffen es, aus dem Körper der Ameisen zu schlüpfen. Tja, so ist das unter Tieren. Manchmal ganz schön gemein, oder?

Zurück zu unserem Grasschneider. Der musste jetzt schleunigst handeln. Und er hatte eine geniale Idee. „Schnell Kruckeldikru, die Buckelfliegen werden meine Ameisenfreunde angreifen. Wir vertreiben sie mit dem Wahnsinnswind, den du mit deinen Flügeln machen kannst. Flieg direkt in sie hinein und dann flatter, was das Zeug hält. Vielleicht können wir sie vertreiben." „Ok, dann mal los, halt dich gut fest." Gesagt, getan. In einem rasanten Sturzflug gings direkt auf die Buckelfliegen zu. „Los Kruckel, los! Beeil dich!" Der Vogel flog mit einem Wahnsinnsrasetempo und machte dabei einen so unglaublich starken, verrückten Wind, dass die Buckelfliegen alle durcheinander- und kopfüberwirbelten. Sie wussten gar nicht mehr, wo sie eigentlich waren. Wo war oben, wo unten! Wo war rechts, wo links! In Nullkommanichts hatten sie sich aus dem Staub gemacht. Ab und weg, nur noch die Flucht ergreifen, um das eigene Leben zu retten.

„Puuuuh... geschafft." Jakob war furchtbar schwindelig geworden bei all dem windigen Geflatter, aber seeehr glücklich. Sein Ameisenstamm war gerettet. Kruckeldikru setzte unseren Grasschneider wieder sicher auf dem Baum ab. „Hab tausend Dank, lieber Vogel, für deine große, große Hilfe." „Schon gut, gern geschehen, Jakob. Ich muss jetzt aber weiter", kam die Antwort mit ruhiger Stimme, „muss heut' vielleicht noch lange fliegen, bis meine Krallen endlich mal Beute gepackt haben. Hab ja schließlich auch Hunger." Und mit einem Riesengeflatter zog es den Vogel geschwind in die Lüfte. Schon bald sah Jakob nur noch einen kleinen schwarzen Punkt am Himmel. „Tschüß Kruckel, mach's gut", murmelte Jakob noch vor sich hin. Er war schon ein bisschen sehr traurig, dass sein grad erst liebgewonnener Freund doch so schnell wieder los musste.

"So, liebe Leute, ich kann euch sagen, das war hier jetzt mal eine ganz schön heftige Aktion, aber der Einsatz... ein tschingderassa Knallerfolg. Die Buckelfliegen sind auf und davon und das Allerallerwichtigste dabei ist: Wir leben!" Jakob war sehr erleichtert und zufrieden mit sich. „Ich find', ich hab' mir jetzt 'ne gute Ruhepause in meiner Astgabel verdient. Wo war sie noch gleich? Ach da! Nun schnell reingekuschelt und vielleicht ein kleines Nickerchen machen. Herrlich ist das, wenn die Nachmittagssonne so schön mein Gesichtchen bekitzelt." Im Nu war unser Grasschneider eingeschlafen. Hat er sich auch wirklich verdient, oder?

Nach einer guten Zeit wachte Jakob aus seinem Schläfchen auf. Die Dämmerung hatte eingesetzt und die Sonne hatte den Tag verlassen. „Erstmal recken und strecken. Ich hab' hier irgendwie so krumm und verquert gelegen. So, jetzt geht's besser!" Jakob schaute vom Baum herunter und sah unten das Ameisengewusel aus der Ferne langsam näher kommen. Es sah wirklich lustig aus, wie die vielen, vielen Grashalme wie lauter kleine, grüne Segel hin- und herwippten. Da aber fiel ihm schlagartig ein, dass das ja der letzte Ameisenzug an diesem Tag sein musste. Jakob war sich sofort ganz sicher, weil er diese frühe Abendstimmung kannte, wenn die Sonne nicht mehr zu sehen war. Die Pflückerameisen zogen da nicht noch mal wieder los. Irgendwann musste ja auch mal Feierabend sein. Und dies war unwiderruflich das letzte Mal, dass die fleißigen Ameisen von der Wiese zurückkamen.

„Verflixt und zugenäht, wie komme ich denn nun zurück, ohne dass Mama oder auch nur irgendeine andere Ameise etwas merken. Wenn Mama das rauskriegt! Nein, das darf auf keinen Fall passieren. Weg und fort mit dir, Gedanke! Raus aus meinem Kopf!" Jakob hatte jetzt wirklich ein dickes Problem. „Soll ich mich gleich vorne einreihen? Ne, das ist ja wohl die blödeste Idee. Da werden mich alle sofort sehen, wenn ich mich in den Zug

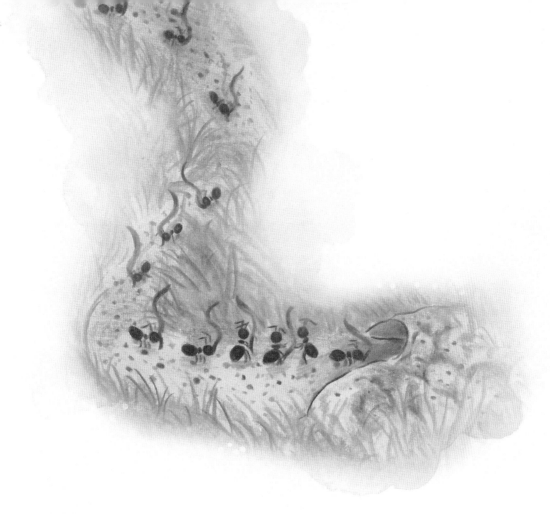

schmuggle", überlegte Jakob. Und es gab da leider unter den Ameisen auch richtig doofe Petzen. Man wusste nie, wo sie gerade waren. Die würden seiner Mama immer alles brühwarm erzählen. "Ich finde... petzen, das ist richtig blöd", überlegte Jakob. "So was macht man einfach nicht. Das ist so, wie ein Geheimnis von jemandem verraten. Gemein, oder?" Aber unser Grasschneider konnte ja auch nicht jeder Ameise ein Pflaster auf den Mund kleben. Erstens hatte er so was gar nicht, woher auch, und zweitens wäre das genauso gemein. Er wäre also um nichts besser, als die Petzerameisen. "Also, noch mal überlegen", dachte Jakob nach, "vielleicht in die Mitte reinschleichen? Ne, ist genauso schlecht. Ist fast das Gleiche wie vorne. Also... richtig vernünftig ist nur das Ende, vielleicht mit etwas Abstand zur letzten Pflückerameise, damit keine mich sieht, und vor allem, dass ich noch nicht mal'n Grashalm trage. Das muss ja auch noch vertuscht werden. Oh man, oh man, an was ich nicht alles denken muss." Jakobs Bauch kribbelte wie verrückt vor lauter Grübelei.

"Jetzt hier aber mal ratzifatzi hinten am Baum runtergekrabbelt, damit ich auf Position bin und das Ende nicht verpasse. Das wäre ja nun ganz schlecht und das fehlt mir grad noch. Heute Nacht draußen schlafen! Alles würde auffliegen! Und wisst ihr, was das Schlimmste wäre? Ich bekäme nichts zu essen und ich kann euch sagen, ich habe einen Riesenhunger", überlegte Jakob. In Windeseile war er unten am Baum angelangt. „Nun noch warten, bis der Zug vorbei ist und jetzt zisch, hinten ran. Klappt ganz gut. Keiner merkt was. Und ab und rein in die Ameisenhöhle und schnell so tun, als ob alles normal wäre. Geschafft!!!" Jakob war erstmal froh und ziemlich, ziemlich erleichtert.

Nach einer ausgiebigen Mahlzeit hatte Mama sich jetzt zum „Gute-Nacht-Sagen" an Jakobs Bett gesetzt. „Hast du heute die Buckelfliegen in der Luft gesehen, mein Kind? Die Gemeinen. Die wollten uns angreifen. Ein Vogel hat sie vertrieben. Gott sei Dank, sonst wäre es um uns geschehen." Jakob holte tief Luft und wollte gerade loslegen und erzählen, wie sich alles zugetragen hatte. Ups... gerade noch mal die Kurve gekriegt. Wie leicht man sich doch verplappern kann. Jakob drehte sich geschwind in seinem Bettchen auf die Seite, denn vor Peinlichkeit wurde sein Gesicht ganz rot. Das sollte seine Mutter lieber nicht sehen. Sonst stellte sie womöglich noch unangenehme Fragen. Mamas machen so was nämlich manchmal. „Jaaa", sagte Jakob, „die habe ich auch gesehen und einen Riesenschreck gekriegt. Gut, dass wir gerettet wurden. Jetzt bin ich aber sehr müde von der vielen Arbeit und muss schnell schlafen, damit ich morgen wieder fit bin. Gute Nacht, Mama." „Gute Nacht, mein großer, tüchtiger Junge, schlaf gut." Mama verschwand... endlich!

Am nächsten Morgen spürte Jakob in seinem ganzen Körper immer noch die ziemliche Anstrengung von gestern. „Ich glaube, heute und überhaupt die nächsten Tage brauch' ich mal ein bisschen Regelmäßigkeit in meinem Leben ohne irgendwie so'n Abhaugetütel und womöglich noch neue Rettungsaktionen. Das wäre mir jetzt einfach zu viel", überlegte Jakob. „Nein, nein, ab heute werde ich erstmal wie eine ganz normale Ameise meine Arbeit tun, genauso, wie Mama mir das alles erklärt hat. Und wer weiß, vielleicht bringt es ja auch Spaß, Gras abzuschneiden und mit all den anderen Ameisen hin- und herzulaufen. Was man nicht ausprobiert, weiß man auch nicht." Und so verbrachte unser Grasschneider den Tag mit Laufen, Grasschneiden, Laufen, immer hin und zurück. Viel nachzudenken brauchte Jakob eigentlich nicht und das tat unserem kleinen Racker richtig gut nach dem Tag gestern. So verging eine ganze Woche. Alles lief wie am Schnürchen. Überrascht war er nur, dass die Grashalme doch so leicht waren. „Eigentlich", wusste Jakob, „sind wir richtig stark. Wir können nämlich dreißigmal so viel tragen, wie wir selber schwer sind. Weißt du, Menschenkind, das wäre bei dir so, als wenn du ein Pferd hochheben würdest. Verrückt, oder? Warum wir das können? Ich habe keine Ahnung. Wir können es einfach."

Aber egal, ob nun schwer oder leicht, in unserem Grasschneider regte sich so langsam das Gefühl von »irgendwie ist die Arbeit auf Dauer langweilig. Jeden Tag muss ich das Gleiche tun«. Und so ein Gefühl geht nicht mehr weg aus dem Kopf. Jakob brauchte in diesem Fall nicht lange zu überlegen. Eine Änderung stand ins Haus und zwar ab morgen. Da war Jakob sich sofort ganz sicher. Mama vertraute ihm jetzt blind, er brauchte sich also keine Gedanken mehr zu machen, wie er entwischen könnte. Morgen früh würde er spontan entscheiden. Felsenfest war nur sein Entschluss. Nichts und niemand würde daran etwas ändern.

Sagt mal Kinder, kennt ihr das? Man wacht morgens auf und hat sofort eine tolle Idee im Kopf. Eine Spielidee oder auch irgendeine andere Idee. Jedenfalls 'ne Idee. Und die bleibt fest im Kopf drin. So war es auch bei unserem Grasschneider an diesem frühen Morgen, gerade, als er seine Augen aufschlug. „Da ist doch", überlegte er, „fast schon am Nestausgang in der linken Wand dieser eine kleine Spalt. Beim Versteckspielen mit meinen Freunden wäre ich da fast mal nicht entdeckt worden. Ich musste schließlich laut PIEP sagen. Und erst dann hat mich der Sucher gefunden. Es ist wirklich das allerbeste Versteck, was ich mir jemals ausgesucht habe und ich glaube auch, überhaupt das tollste, was es jemals bei den Grasschneidern gegeben hat. Dieser Spalt, da könnt ihr sicher sein, liebe Kinder, kommt mir jetzt gerade zum richtigen Zeitpunkt in mein oberschlaues Ameisenköpfchen. Wenn ich mich dadrin verstecke, kann man aber auch wirklich gar nichts mehr von mir sehen. Selbst das Licht, was hier jetzt am frühen Morgen den Nesteingang heller macht, leuchtet mich nicht an, weil ich dann ja so richtig tief im Spalt drinsitze. Und es müsste doch ...potzblitz... ein verdammter Zufall sein, wenn mich hier jemand findet. Okidok, Plan steht. Dann geh' ich hier jetzt mal ganz langsam und leise und mucksmäuschenstill aus meinem Bettchen raus und krabbel genauso leise in meinen Spalt hinein, solange hier noch alle ratzen. Mal eben gucken, wo die Ritze noch war? Ach ja, hier... jetzt mal flugs hineingekrabbelt, Jakob", flüsterte unser kleiner Schlingel vor sich hin. „Puh, ganz schön eng. Kein Wunder, bin ja auch wieder größer geworden. Also, für 'ne kurze Zeit kann ich es hier gut aushalten. Ich brauch' ja nicht den ganzen Tag hier zu hocken, sondern nur so lange, bis der ganze Ameisenschwung raus ist. Dann düs' ich auch ab, hinaus ins herrliche Leben. So, jetzt muss ich aber noch mal eben gucken, ob alles von mir versteckt ist und nicht noch irgendwo ein Beinchen oder sonst was rausguckt. Ne, sieht gut aus. Der ganze Jakob ist versteckt. Von mir aus können jetzt alle aufwachen und sich startbereit machen für's Grasschneiden."

Und tatsächlich. So langsam wurden alle Nestbewohner wach. Einige verspürten noch Hunger und fraßen ein bisschen vom schwammigen, leckeren Pilz, andere reckten und streckten sich. Bald würde es Zeit zum Aufbruch sein. Das ging dann immer so, dass alle plötzlich wie verrückt zu laufen anfingen. Dabei rannten sie sich fast über den Haufen, denn jede Ameise wollte schneller als die andere am Ausgang sein. Aber... was passierte denn da plötzlich am Nesteingang? Jakob bemerkte in seinem Spalt, dass das helle Licht von außen ganz, ganz langsam immer weniger wurde. Und auch ein leises Geräusch, so ein bisschen wie Schurren, war zu hören. Das Licht ging immer mehr weg, bis es nur noch so ein Schummerlicht war. Unser Grasschneider musste vorsichtig sein. Wenn er jetzt aus seinem Spalt herauslugte und in dem Moment die Ameisen das »nach draußen Gekrabbel« starteten, würden ihn alle sofort sehen. Aber die plötzliche Dunkelheit und das Geräusch machten ihn ziemlich unruhig und so wagte er sich vorsichtig ein klitzekleines bisschen vor, so dass er gerade zum Nestausgang schauen konnte. Es waren bei diesem schlechten Licht ja fast nur Umrisse zu sehen, aber was er da sah, versetzte ihn in absolute Panik. „Nein. Das glaube ich jetzt nicht. Diese Nase, die ich jetzt sehe, kenne ich genau. Die kann nur dem Gürteltier gehören. Und was das vorhat, weiß ich!

Viele, viele Ameisen verspeisen. Es kann nämlich seine Nase 20 cm tief in ein Loch stecken und 6 Minuten die Luft anhalten, ungefähr so lange, wie die kleine Pause in der Schule ist, ohne auch nur ein einziges Mal zu atmen. Na super! Das hat sich das Gürteltierchen ja gut ausgedacht. Wie gemein und raffiniert die sind. Wenn die Ameisen jetzt loslaufen und das könnte jede Sekunde passieren, braucht es nur noch sein Maul aufzumachen und alle laufen direkt hinein, direkter und einfacher geht's wohl nicht. In 6 Minuten ist das Gürteltier pappensatt und viele Ameisenfreunde nicht mehr am Leben. Was mach ich bloß, was mach ich bloß?" Es war jetzt egal, ob jemand ihn sah oder nicht sah. Hier ging's um Leben und Tod. Jakob sprang fast aus seinem Spalt heraus, denn die Ameisen waren jetzt gerade auf dem Weg nach draußen und fast nicht mehr aufzuhalten. Er schrie, so laut er konnte und hüpfte wie verrückt: „Geht zurück, alle sofort zurück, keiner geht weiter. Stopp, stopp. Ein Gürteltier hat uns den Ausgang versperrt und will uns alle fressen."

Sofort machten alle Grasschneider kehrt. Sie rannten wie verrückt ins Nest zurück, ein Riesendurcheinander von kribbelnden und krabbelnden Tierchen. Aber das war jetzt egal. Die gesamte Familie Krabbelfuß musste sich hier schließlich flitzeflott in Sicherheit bringen. In Nullkommanichts waren alle tief im Bau angekommen und hatten richtig heftiges Ameisenherzklopfen. Sie mussten erstmal tief und kräftig durchatmen. Und das gleich mehrere Male hintereinander. Dann kehrte Ruhe ein und es hieß abwarten, bis das Gürteltier mal Luft holen musste. Pünktlich, nach genau 6 Minuten, geschah es. Langsam, im Rückwärtsgang, taperte es wieder hinaus an die frische Luft. Mit ziemlich grimmigen Augen guckte es sich um und schüttelte seine Nase, damit der Sand abging. Dann stampfte es mit richtig wütenden Bummschritten und ziemlich enttäuscht davon. Weg war's... zum Glück! Trotzdem blieben unsere Grasschneider für heute zu Hause. Von dem Riesenschreck mussten sie sich erstmal erholen.

Und unser kleiner Racker? Der war über- und überglücklich. Er hatte schon wieder seinen Ameisenstamm gerettet und krabbelte nun auch ins Nest zurück. Sein Glücksgefühl allerdings war nur von sehr kurzer Dauer. Mama Krabbelfuß wartete nämlich schon und packte ihn sogleich am Schlafittchen. „Sag mal, mein Kind, wieso hast du denn das Gürteltier bemerkt? Auf deine Erklärung bin ich jetzt aber gespannt." Mama guckte ihn sehr ernst an und Jakob wurde wieder rot im Gesicht. Dieses Mal konnte er sich nicht rausreden. Das war ihm sofort klar. Mit gesenktem Kopf gestand er seiner Mama alles und auch, dass er vor einer Woche schon mal abgehauen war, dann aber seinen Stamm vor den Buckelfliegen gerettet hatte. Da konnte Mama nicht anders, als ihn richtig doll dafür zu loben. Sie konnte ihm einfach nicht böse sein, mahnte aber mit energischer Stimme, dass er ab jetzt immer mit zum Grasschneiden kommen musste. Jakob war ziemlich froh, dass Mamas Ärger noch einmal an ihm vorbeigezogen war und er versprach hoch und heilig, so etwas nie wieder zu machen. Und Mama glaubte ihm.

Für die nächsten drei Tage nun konnte man einen wirklich sehr fleißigen Jakob sehen. Arbeiten, fressen schlafen, arbeiten, fressen, schlafen. So ging jeder Tag. Unser Freund zeigte sich von seiner allerbesten Sahneseite. Doch leider war es mit der Sahneseite schon am vierten Morgen bereits wieder aus und vorbei. Jakob wachte auf und schon flogen die Gedanken in seinem Kopf hin und her: „Ach Kinder, wie soll ich es sagen? …Ja!, ich bin eine sehr eigensinnige Ameise und… Ja!, ich müsste für jetzt und immer jeden Tag fleißig arbeiten. Weiß ich doch! Aber ich hab' überhaupt keine Zeit mehr zum Spielen. Und ich finde, so groß bin ich nun auch noch nicht. Bei euch Menschenkindern ist das, glaube ich, ein bisschen anders. So alt, wie ihr jetzt seid, habt ihr sicher noch viel Zeit zum Spielen und müsst nicht immer nur helfen, oder? Und außerdem habe ich jetzt schon eine Weile richtig gut gearbeitet. Also, ihr Lieben: **Punktum! Schluss! HEUTE ARBEITE ICH NICHT!** Ist ja auch nur ein einziger Tag. Morgen bin ich wieder fleißig, versprochen!" Und unser Schlaumeier wusste natürlich auch schon, wie er sich heute verkrümeln würde. „Heut' mach' ich mal den Trödeltrick. Wie der geht? So geht der! Man trödelt morgens einfach nur stundenlang herum, tridel hier, tridel da, tridel dort. Das macht man dann so lange, bis alle mal längst raus sind aus dem Bau und schon fast an der Wiese. Nun schnödelt man schöööön langsam hinterher, sucht sich in Ruhe ein nettes Plätzchen und genießt den Tag. Klar, ich kann das nur machen, weil Mama mir jetzt voll vertraut und nicht ständig hinter mir hereiert."

Gesagt, getan! Der Trödeltrick hatte funktioniert. Jetzt saß Jakob bereits im Wipfel eines großen Baumes direkt an der Graswiese. Er wollte nämlich mal die ganze Ameisenarbeit von oben betrachten, also… wie die Grasschneider kommen, im Gras verschwinden und dann wieder mit dem Halm im Kiefer nach Hause marschieren. Jetzt allerdings waren alle schon im Gras verschwunden und mit Schneiden beschäftigt. Nur ab und zu sah er aus der Wiese einen kleinen schwarzen Punkt hervorblitzen und dann war der auch schon wieder weg.

„Menscheskinnas, bin ich müde. Keine Ahnung, warum. Hab' ja heute eigentlich noch nichts getan. Na ja, kann man nix machen", schnodderte Jakob so vor sich hin. „Dann schlaf ich am besten mal 'ne Runde. Uuaaah... bis nachher, ihr Lieben."
Schon war er eingenickt.

Tja, Jakob, das hättest du mal lieber nicht getan. Am Himmel nämlich, stiegen **rabenschwarze** Wolken auf. Durch den plötzlichen, starken Wind waren sie im Nu herangerauscht und schon brach ein gewaltiges Platzregengewitter los. Richtig zornig und wütend sahen die Wolken aus. Es blitzte und donnerte nur so vom Himmel herab und fing an, wie verrückt aus Eimern zu schütten. Als wenn der ganze Himmel sich verabredet hätte, sein Wolkenwasser auf einmal loszulassen. Der Regen prasselte nur so herunter und es sah aus, als ob Millionen Bindfäden vom Himmel herunterhingen. Für eine kurze Zeit konnte man nicht mal mehr die Hand vor Augen sehen. Zwischendurch blitzte und donnerte es immer wieder wie verrückt. Alles, was es nur konnte, schickte das Gewitter zur Erde und dann trieb der Sturm die Wolken schon zum nächsten Ort, um dort sein Unwesen zu treiben.

Aber, oh Schreck! Wo war die Graswiese? Einfach weg. Verschluckt von dem vielen Wasser. Kein Gras konnte man mehr sehen. Stattdessen gab es einen großen See. Und die Grasschneider? Vom Unwetter völlig überrascht, kämpften sie jetzt um ihr Leben. Sie drohten zu ertrinken und schrie´n wie verrückt. Davon wachte Jakob jetzt endlich mal auf. Wurde ja auch Zeit, mein Lieber. „Oh nein, was ist denn hier passiert!", erschrak Jakob. Tausende von Ameisen riefen um Hilfe. Sie waren im Wasser gefangen und prusteten wie verrückt. Sofort kriegte Jakob Angstbauchkribbeln und rief aus Leibeskräften vom Baum herunter: „Beruhigt euch und **stopp!!** Nicht wie verrückt im Wasser herumstrampeln! Das kostet viel zu viel Kraft und am Ende schluckt ihr noch Wasser und werdet ertrinken. Hört bitte alle ganz genau zu, denn für das, was jetzt kommt, müsst ihr euren ganzen, großen Mut zusammennehmen! Jeder lässt seinen Grashalm los und versucht, ihn auf das Wasser zu legen. Der ist so leicht, dass er schwimmt. Dann klettert auf ihn drauf, erholt euch und wir sehen weiter. Mir fällt schon was ein. Und meine Freunde... das Atmen nicht vergessen!" Alle folgten Jakobs Anweisungen. Sie kribbelten und krabbelten und ächzten und keuchten. Der See war bei diesem Gewusel ganz kruschelig geworden. Einige Grasschneider plumpsten wieder zurück ins Wasser, weil sie zu wild auf den Halm hochwollten und mussten einen zweiten Versuch starten. Aber alle konnten sich schließlich in Sicherheit bringen. Die Rettung Teil 1 war geschafft.

Und die Rettung Teil 2? Na klar, Jakob wird das schon machen. Der saß ja immer noch oben auf dem Baum, weil alles überflutet war. Runter konnte er da jetzt nicht. „Also, meine lieben Freunde", rief er, „ich habe nachgedacht. Die Erde ist ja im Moment durch den vielen Regen voll wie ein Schwamm und kann kein Wasser mehr schlucken. Deshalb ist jetzt der See da, auf dem ihr schwimmt. Weil es ja zum Glück aufgehört hat mit dem Regen, wird das Wasser jetzt langsam in die Erde sickern. Nach einiger Zeit ist es dann tief im Erdreich verschwunden und die Graswiese ist wieder eine Graswiese. Ihr müsst jetzt bitte wirklich viiiiel Geduld haben. Das dauert nämlich ein paar Stunden. Aber wenn eure Grasschiffchen dann wieder auf der Erde angekommen sind, schnappt sie euch und abmarsch nach Hause." Wie glücklich und froh waren seine Ameisenfreunde. Sie warteten nun in Ruhe ab und eigentlich war es jetzt ganz nett, mal auf einem See zu schwimmen. Es konnte ihnen ja nichts mehr passieren und ein Unwetter kam meistens nicht zweimal hintereinander. Tatsächlich dauerte es nun wirklich eine ziemlich lange Zeit, bis die Erde das Wasser endgültig geschluckt hatte. Aber dann sausten die Ameisen mit ihren Halmen blitzeschnell zurück in den Bau. Und da kamen die heute auch nicht mehr raus. Sie hatten die Nase ziemlich voll von der ganzen Aufregung.

Jakob war jetzt auch vom Baum heruntergeklettert. Und da war Mama. Und irgendwo weiter weg hatte es wohl doch noch mal einen starken Regen gegeben, denn ein Regenbogen hatte sich aufgetan, der wunderschön leuchtete. „Komm zu mir, mein Kind", sprach Mama sehr freundlich, was Jakob nun allerdings außerordentlich wunderte, „wir setzen uns auf meinen Grashalm." Da saßen die beiden nun, Arm in Arm, nebeneinander und kuschelten so doll, wie sie es schon lange nicht mehr getan hatten.

„Mein Großer", sprach Mama, „du hast mir jetzt immer mal wieder gezeigt, dass du eine sehr besondere Ameise bist. Irgendwie bist du anders als wir anderen. Weißt du, mein Kind, so wie Menschen, haben auch einzelne Tiere besondere Stärken. Das eine Tier kann dies besser, das andere das. Du, Jakob, bist immer zum richtigen Zeitpunkt am richtigen Ort. Deshalb habe ich eine Entscheidung getroffen und ernenne dich hiermit zu unserer Wächterameise. Das wird dich auch nicht zu viel Kraft kosten, so dass du abends immer noch ein bisschen spielen kannst. Achte aber gut auf uns und rette uns, wenn wir in Gefahr sind." Das versprach Jakob von ganzem Herzen und dieses Versprechen hat er niemals mehr gebrochen.

ENDE

FÜR MEINE LIEBEN:

Lynn, Lena, Laura, Sophia, Remo und Aaron.

Hier ist ein guter Platz, euch allen einmal DANKE zu sagen.
Danke für die besonderen Momente, in denen
ich euch aus meiner Geschichte vorlesen durfte.
Ihr ward so wunderbare Zuhörer, habt mitgefiebert,
wenn es spannend wurde, habt gestaunt und
geschmunzelt. Da spürte ich immer die Lust,
eifrig weiterzuschreiben. Jetzt liegt mein Erstlingswerk
vor mir, ein sehr emotionaler Moment für mich.
Ich wünsche allen jungen Leserinnen und Lesern
viel Freude mit diesem Buch.

Ingeborg Kunhardt-Schellhammer

Jahrgang 1952, aus Hamburg, verh. 2 Kinder
Diplom-Sozialpädagogin

Für sie stand schon sehr früh fest: „In meinem Berufsleben werden Kinder immer im Mittelpunkt meines Wirkens stehen. Wie wunderbar ist es doch, Kindern helfen zu dürfen, sie zu unterstützen und zu stärken, ihnen Mut und Kraft zu geben, ihren eigenen, persönlichen Weg zu gehen und ganz fest an sich zu glauben."

In diesem Zitat von ihr spürt man sofort die Leidenschaft für ihren Beruf. Und so blickt sie heute mit großer Dankbarkeit auf ein erfülltes Arbeitsleben.

Aber nicht nur beruflich, auch in ihrem privaten Umkreis sind Kinder immer willkommen. Sie erzählt ihnen so gerne kleine Anekdoten oder spontane Geschichten und dann sind alle einfach nur glücklich.

Man fragt sich nun, was der Auslöser für sie gewesen ist, erstmals ein Kinderbuch zu schreiben. Es war eine Naturdokumentation über ein weitestgehend unbekanntes Tier in seiner besonderen Lebensform, was ihr den Anstoß gab und sofort weckten die fleißigen Grasschneiderameisen ihre ganze Aufmerksamkeit.

„Man könnte diese kleinen Tierchen doch in eine wunderschöne Geschichte einbinden und sie auf diese Weise den Kindern nahebringen." Der Gedanke war geboren und der Stift glitt sogleich über das Papier.

Sie hatte selbst die allergrößte Freude beim Schreiben und wer weiß, vielleicht wird es irgendwann eine neue Geschichte zu einem außergewöhnlichen Tier geben.